AF403002

FRAGMENS

DE

LA FRANCE SAUVÉE;

POEME EN DIX CHANTS,

PAR M. J. S. BOUBÉE.

A PARIS,

CHEZ EYMERY, LIBRAIRE, RUE MAZARINE, N° 5o.

1821.

AVANT-PROPOS.

LES fragmens que je publie au moment du baptême de l'auguste rejeton de Henri IV, font partie de l'ouvrage d'où fut tiré l'épisode que le Roi daigna me permettre de lui présenter en 1814 (*). Ce poëme a pour objet d'écrire les principaux événemens de l'interrègne, et de chanter le Roi législateur : il eût paru depuis long-temps, sans les circonstances funestes où, dans un service important, l'inexpérience des uns et l'intrigue des autres ont, du même coup, compromis mon existence et l'intérêt de l'Etat. Ce serait exagérer sans doute d'avancer que vingt millions ont été dépensés dans le seul but de me nuire; mais il est vrai que le trésor les a payés, par cela seul qu'on m'a nui.

Je lutte depuis plus de quatre ans. Enfin la tranquillité, si nécessaire aux muses, vient de

---

(*) *La Mort de Louis XVI*, seconde édition, chez Eymery, libraire.

m'être rendue par le Roi, dont la justice et l'iné-
-puisable bonté permettent à mes réclamations de
parvenir au pied du trône. Libre de souci, je puis
reprendre mes occupations littéraires, et rien, je
l'espère, ne s'opposera à ce que mon poëme ne
paraisse en entier le 25 août prochain.

FRAGMENS

DE

LA FRANCE SAUVÉE.

CHANT PREMIER.

Début. — Invocation.

JE vais chanter comment, après de longs excès,
La paix vint réparer les malheurs des Français,
Et comment des Bourbons les royales bannières
Rentrèrent avec elle au palais de leurs pères.
Des murs de ce palais flétris et désolés
Le crime triomphant les avait exilés,
Et Dieu fit éclater sa terrible vengeance :
Eux seuls l'ont désarmée, en revoyant la France.
Un Code généreux, un contrat solennel,
Qu'aux vœux d'un peuple aimant réservait l'Eternel,
Des droits et des devoirs cimente l'équilibre;
Le trône s'affermit et le Français est libre.
  Amour de la patrie, inspire mes accords,
Protége mon audace et soutiens mes efforts !
Par toi, d'un noble essor, malgré la tyrannie,

Le commerce, les arts, la guerre, le génie
Ont illustré la France : il te faut aujourd'hui
A mes civiques chants accorder ton appui ;
Qu'aux récits consacrés à célébrer leurs armes
Nos vieux guerriers émus sentent couler des larmes,
Et qu'ils disent de moi, pour prix de mes travaux,
Il aima son pays, il chanta ses héros.....

    Et toi, sage et bon Roi, que les destins contraires
Retinrent trop long-temps aux rives étrangères,
Et qui nous rapportas, de vertus escorté,
La fin de nos malheurs avec la liberté,
Ta main n'a pas conduit le char de la victoire,
Louis ! mais les héros n'éclipsent point ta gloire,
Le roi législateur est le plus grand des rois.
Puissent mes vers heureux vivre autant que tes lois !
Puisse aussi l'avenir, doté par ta sagesse,
En faveur de ton nom, pardonner leur faiblesse !
. . . .
. . . .

CHANT NEUVIÈME.

e Duc et la Duchesse d'Angoulême viennent de porter des secours
aux prisonniers français détenus sur les pontons anglais. — La
nuit les surprend; mais un ange leur apparaît sur un nuage, et
son éclat les dirige vers le toit de l'exil. — Le Dnc d'Angoulême
est frappé d'un songe que l'ange lui a envoyé. — Il vient, à son
réveil, le raconter au Roi. — Ce songe lui a fait connaître le
destin de sa famille, le rétablissement du trône, la mort funeste
du Duc de Berry, la naissance miraculeuse de son fils, etc.

TANDIS que les Bourbons retournent dans Harwel,
Un prodige, à leurs yeux, brille au milieu du ciel.
L'envoyé du Très Haut assis sur une nue,
Tel qu'un globe de feu se présente à leur vue,
Et son éclat chassant les ombres de la nuit,
Vers le toit de l'exil les guide et les conduit.
Mais, ô subit effet de sa flamme immortelle !
Le prince, dans son sein, d'une chaleur nouvelle
Éprouve l'influence, et de la vérité
Le flambeau radieux y verse sa clarté.
La princesse qu'agite un sentiment pénible :
« De cet infortuné que le sort est horrible ! (*)

(*) Le duc et la duchesse d'Angoulême viennent de sauver la
vie à un infortuné qui leur a raconté ses malheurs et ceux de son
père. L'auteur a supposé que c'était le fils de Tippoo-Saeb.

» Ici, loin de son trône, abreuvé de douleurs,
» Dit-elle.... » Mais séchant ses yeux mouillés de pleurs,
Et craignant d'exciter de trop justes alarmes :
« Pardonne, cher époux, ah! pardonne à mes larmes!
» Les palais, il est vrai, ne s'ouvrent plus pour moi;
» Mais le trône est partout où je suis avec toi. »
— « Qu'importent les palais et le pouvoir suprême,
» Lui répond son époux? O moitié de moi-même!
» Tu crains de dévoiler à mes yeux inquiets
» De ton cœur affligé les sentimens secrets?
» Ah! je ne vois que trop, au sort qui nous accable,
» A la dure fierté d'une foule implacable,
» Qu'ici nous subissons les rigoureux destins
» Qu'aux rois vaincus jadis imposaient les Romains.
» Mais sommes-nous les seuls qu'atteigne l'infortune?
» A tous les souverains notre cause est commune :
» Gustave (1), dans Stocholm, périt sous les poignards;
» Ils pénètrent aussi dans le palais des Czars (2),
» Ils font fuir le Sthatoudre (3), ils affligent Lisbonne (4),
» Et le poison s'attache à la triple couronne (5).
» Ces forfaits odieux, ces lâches attentats,
» Quelquefois, dans leur base, ébranlent les états,
» Et des innovateurs l'audace criminelle
» Offense pour un temps la justice éternelle;
» Mais de sa marche en vain ils suspendent le cours,
» Lente, mais immuable, elle éclate toujours.

» Ces crimes cependant aux maîtres de la terre
» Doivent aussi donner un avis salutaire;
» Si Dieu, qui les créa, mit le sceptre en leur main,
» S'il leur a confié le pouvoir souverain,
» Ce n'est pas pour régner au gré de leur caprice :
» La puissance des rois n'est rien sans la justice,
» Et dans de sages lois savoir la renfermer,
» C'est augmenter sa force, en la faisant aimer. »
De ce prince éclairé tel était le langage,
Et la fille des rois qu'animait son courage,
Du passé douloureux chassant le souvenir,
D'un œil moins inquiet contemplait l'avenir.

Du Très-Haut, cependant, le ministre invisible
Arrive dans Harwel : bientôt la nuit paisible
Invite les mortels à l'oubli de leurs maux,
Et quand dans le palais tout se livre au repos,
Un songe qu'a nourri le sein de l'espérance
Est éclairé par lui sur le sort de la France;
Il fait connaître au Roi, sous des traits radieux,
Quelle est la volonté du souverain des cieux,
Et puis dans un palais, où l'archange domine,
Il transporte l'époux de l'auguste orpheline,
Et découvre à ses yeux, par des signes certains,
De l'empire des lis quels seront les destins.

De ses premiers rayons, l'aurore diligente
Déjà laisse entrevoir la lumière naissante,

Et du Roi qui s'arrache aux douceurs du sommeil,
Les rêves de la nuit occupent le réveil.
Est-ce une illusion, une erreur mensongère?
Serait-il le jouet d'une aveugle chimère?
A de vagues pensers il donne un libre cours,
Quand le prince paraît et lui tient ce discours :
« O mon père! apprenez dans quel trouble me plonge
La déplorable fin du plus horrible songe.
Dans les bras du sommeil, je goûtais cette nuit
L'oubli trop passager du sort qui nous poursuit,
Je crois voir s'élancer, sur un char de lumière,
Et descendre vers moi, du haut de l'atmosphère,
Un être éblouissant qui me parle en ces mots :
« Je t'annonce, ô mon fils! le terme de tes maux,
» L'enfer va succomber, et sa lutte est finie;
» De la France connais l'invisible génie,
» Il veillait sur ton sort : dans son temple immortel
» Viens, et monte avec lui dans les plaines du ciel. »
A ces mots, il m'enlève; il dirige vers l'ourse
Les élans redoublés de sa rapide course,
Et docile à sa main, son char mystérieux
Nous porte jusqu'au sein d'un palais radieux :
« L'albâtre ciselé te fait ici connaître
» Ce qui dans ta patrie est, ou fut, ou doit être,
» Me dit l'être divin; des plus célèbres Rois
» Ici sont retracés les principaux exploits :

» Dans le livre des temps, je t'exhorte à t'instruire;

» Les princes, ô mon fils! devraient toujours y lire,

» Observer avec fruit, et, sévères censeurs,

» Profiter des leçons qui naissent des erreurs.

    » Vois le fameux Clovis soutenant par sa gloire

» Le rang que ses aïeux dûrent à la victoire;

» Il défit les Romains, les Allemands, les Goths,

» Et l'empire des lis est né de ses travaux.

» L'Église au rang des saints l'a placé dans son temple,

» Mais sa postérité, qui suit trop son exemple;

» Se détruit elle-même, et de sa race enfin

» Le cloître et le poison terminent le destin.

    » Voici Martel : du trône il s'est rendu le maitre.

» Ce héros fait des rois, et dédaigne de l'être.

» De lui naît Charlemagne, et dans ce noble fils

» Il rend un empereur à l'Occident surpris :

» Ce prince fait chérir les malheurs de la guerre;

» Pour lui donner des lois, il subjugue la terre :

» Rome devient bientôt riche de ses bienfaits;

» Ses dons, moins généreux, préviendraient des excès;

» Ils feront à l'État un mal irréparable,

» Et l'encensoir aux rois deviendra redoutable.

    » Sa race enfin se perd : mais soumis aux héros,

» Le trône redevient le prix de leurs travaux.

» Hugues, qui doit le sceptre aux lauriers de son père,

» Le transmet à son fils, que la France révère.

» Bientôt Philippe-Auguste, en marchant sur leurs pas,
» Affermit sa couronne, agrandit ses états;
» Mille cités par lui sortent de leurs ruines,
» Et bénissent encor le héros de Bovines.

   » Vois-tu ce cénobite à courir empressé,
» Soufflant partout le feu dont il est embrasé?
» Il veut que les Chrétiens s'emparent, dans l'Asie,
» De la terre où jadis Dieu leur donna la vie.
» Du saint Roi, ton aïeul, tu connais le destin;
» Il crut servir le ciel, et ne servit qu'Urbain.

   » Contre ce prince altier, qui n'est pas mort sans gloire,
» De qui Rome long-temps conserva la mémoire,
» Et qui, de ses vassaux réprimant la fierté,
» Associa le peuple à son autorité,
» Entends d'un ordre éteint la voix accusatrice;
» Le sort des Templiers compromet sa justice.

   » Sur le trône plus tard un grand prince est monté;
» Fameux par ses exploits, plus grand par sa bonté,
» Louis douze étendit la splendeur de la France;
» De Gênes, de Venise il punit l'arrogance;
» Ennemi des impôts, il n'en créa jamais,
» Et devint immortel, à force de bienfaits.

   » Des lettres et des arts restaurateur illustre,
» Par eux François premier brillait du plus beau lustre:
» Mais ce prince, envieux de la célébrité,
» Court trop après la gloire, et perd sa liberté.

» Regarde Médicis; ce fléau de la France,

» De trois fils, rois sans force, usurpe la puissance;

» Elle règne en leur nom : un peuple épouvanté,

» Qu'opprime chaque jour son sceptre ensanglanté,

» Dans des climats lointains porte son industrie,

» Et son culte avec lui proscrit dans sa patrie.

   » Voici Henri le grand : ses aimables erreurs,

» Ainsi que ses vertus, lui gagnèrent les cœurs.

» Il calma les partis, fut affable, sut plaire,

» Et soumit ses sujets moins en vainqueur qu'en père.

» Monarque regretté, ton infâme assassin

» A donc pu de la France arrêter le destin !...

   » D'un siècle renommé qu'un grand roi fait éclore,

» Après un règne obscur tu vois briller l'aurore.

» Contemple avez fierté les ports et les remparts,

» A la voix de Louis, naissant de toutes parts :

» Sous ses yeux protecteurs admire le génie

» Luttant contre la Grèce et domptant l'Ausonie,

» Soit qu'un nouveau Sophocle, en vers majestueux,

» Ressuscite des rois et des peuples fameux,

» Ou que d'un trait aigu la moderne Thalie

» Perce le ridicule et frappe la folie,

» Soit que pour éclairer et conduire les Rois,

» Dieu choisisse un mortel et lui prête sa voix;

» Ou bien que l'art heureux d'un autre Praxitèle

» Découvre sous le marbre une beauté nouvelle.

» Ce prince près de lui rassemble les savans

» Dont l'Europe jalouse admire les talens,

» Ou, suivi de Condé, sur l'aile de la gloire,

» Il parcourt vingt états de victoire en victoire,

» Et pour récompenser de leurs dignes travaux

» Tant d'illustres guerriers blanchis sous les drapeaux,

» Il construit ce palais où, désormais tranquille,

» La valeur fatiguée obtient un noble asile.

» Oui, c'est en travaillant pour la postérité

» Qu'un monarque parvient à l'immortalité :

» Ton aïeul y vivra, telle fut sa jeunesse....

» Mais, ainsi que son corps, son ame eut sa vieillesse,

» Il fléchit sous le poids d'un nom plus grand que lui.

  » Sur le trône, à sa mort, l'éclair a déjà lui;

» La foudre se prépare, et déjà sur la terre

» En grondemens lointains s'annonce le tonnerre;

» Il est prêt à tomber, et d'un roi sans vertu

» S'il épargne la tête, il reste suspendu.

  » Il éclate à la fin, et sa chute funeste

» Frappe le Roi martyr..... La justice céleste

» A vengé son trépas, et ce prince innocent

» Goûte enfin le bonheur, au sein du Tout-Puissant....

» Frémis de voir, privé de ses Rois tutélaires,

» Le Français obéir aux tyrans populaires,

» Qui, proclamant le crime et l'immoralité,

» Dans les dissentions cherchent l'impunité. »

« Tandis que je gémis sur cette horrible image,
Je vois paraître un trône au milieu d'un nuage
Constamment agité dans les plaines de l'air;
Le guerrier que j'y vois tient un sceptre de fer :
Mais tout ce qui l'entoure est en magnificence
Digne des plus grands rois dont s'honore la France.

« Vois, dit mon conducteur, sur le trône français
» Un soldat parvenu de succès en succès.
» Depuis les bords fleuris que l'Eurotas arrose,
» Et qui sur le laurier voient éclore la rose,
» Jusqu'aux sauvages bords d'où le Volga glacé
» Traîne dans l'Océan son cours embarrassé,
» Il avait étendu son empire et sa gloire;
» Au point le plus hardi porté par la victoire,
» Il ne se connut plus dès qu'il y fut monté;
» Les flatteurs exaltaient son orgueil indompté,
» Il se crut tout permis, et par un faux système
» Il compromit la France et se perdit lui-même.
» Ardent admirateur des plus vastes projets,
» Il fit tout pour son nom et rien pour les sujets :
» Il étendit partout les fureurs de la guerre;
» Moderne Jupiter, de son fatal tonnerre
» Il frappa les états à sa voix envahis :
» Dans les plaines d'Eylau, d'Iéna, d'Austerlitz,
» De la France, en vainqueur, il planta la bannière;
» Le Scythe, le Germain, le Sarmate et l'Ibère,

» Tout sentit sa puissance et le poids de ses fers;

» Mais pour l'anéantir il suffit d'un revers....

 » Maintenant, ô mon fils! ajoute le génie,

» Viens savoir quelle main sauvera ta patrie.

» Portes de l'avenir, ouvrez-vous à ma voix!

» L'ordre de l'Eternel vous soumet à mes lois. »

Il dit : avec fracas un mur de fer s'écroule,

Une porte d'airain sur ses gonds pesans roule,

Et dans l'éloignement nous voyons le destin

Dérouler à nos yeux l'avenir incertain :

« *Tes droits qu'ont méconnus l'anarchie et ses crimes,*

» *Tu vas les recouvrer sous tes Rois légitimes;*

» *O France! un nouveau jour luit sur toi désormais,*

» *Le temple de Janus est fermé pour jamais;*

» *Aux vertus de ton Roi la sagesse s'allie,*

» *Avec l'Europe armée il te reconcilie;*

» *Dans le sein du repos, tes illustres guerriers*

» *Verront ce Prince auguste honorer leurs lauriers,*

» *Et réunis enfin sous ses lois tutélaires,*

» *Tes fils ne formeront qu'un seul peuple de frères.* »

 » Sur le trône, à ces mots, je vous ai vu monter,

Et la France, ô mon Roi, dans vos bras se jeter.

Thérèse (7), à vos côtés, me semblait embellie;

Mais rien ne l'arrachait à sa mélancolie:

Thérèse a tant souffert!...... Ah! ses yeux abattus,

Lors même qu'elle obtient le prix de ses vertus,

Lorsque d'un jour plus doux pour eux brille l'aurore,
Des pleurs du souvenir sont humides encore.

» Le digne chef des Preux, mon père, avec transport,
Voit qu'enfin sa famille avec lui rentre au port.
Quel bonheur est le sien ! avec quelle tendresse
Il présente à Berry la main d'une princesse
Douce, aimante, qui doit embellir ses loisirs,
Et de la France, un jour, combler tous les désirs !
Nous étions tous heureux : mais, ô surprise amère!
Tout à coup près de vous, je ne vois plus mon frère,
Et bientôt, sous les traits de notre Grand Henri,
Je vois couler le sang de ce frère chéri (8).
Interdit, alarmé, j'interroge mon guide. »
« Du bonheur, me dit-il, le cours est bien rapide :
» Plains le sort des bons Rois; trop souvent les destins
» Ne font que les montrer aux regards des humains.
» De l'aïeul et du fils tu vois la ressemblance;
» Comme Henri, ton frère illustrerait la France,
» Et pour elle tonjours au poste de l'honneur,
» Il ne triompherait qu'en faisant son bonheur;
» Soit qu'il cherchât à plaire ou qu'il eût à combattre,
« Pour le cœur, pour la gloire, il serait Henri Quatre.....
» D'un si bel avenir le songe est effacé :
» L'inflexible destin a déjà prononcé.
» Ah! de combien de pleurs doit-elle être suivie
» La déplorable fin d'une si courte vie !

» Du ciel, ajoute-t-il, respecte les secrets,

» Ne porte pas plus loin des regards indiscrets ;

» Mais sous un assassin, quand ton frère succombe,

» Ne crains pas que son nom s'éteigne dans la tombe.

» C'est en vain que la mort s'élance sur Berry,

» Berry brave ses coups, et dans un fils chéri,

» Dieu le rend aux soupirs d'une épouse adorée,

» Ou plutôt aux besoins de la France éplorée.

» Doué, dès le berceau, d'un glorieux pouvoir,

» Il confond l'anarchie, il comble un doux espoir,

» Et calmant les effets d'une douleur amère,

» C'est Henri pour la France, et Charles pour sa mère. »

» Une froide sueur me saisit à ces mots :

Je veux parler, ma voix se perd dans les sanglots,

Mes sens sont agités, et dans mon trouble extrême,

Je veux tendre les bras vers ce frère que j'aime ,

Cet effort douloureux me ravit au sommeil ,

Et le trouble et l'horreur me suivent au réveil. »

Louis reste interdit : son ame généreuse

Frémit ; elle se brise à la pensée affreuse

Que son dernier neveu, sous un fer assassin,

Au printemps de ses jours, finira son destin.

De quels nouveaux malheurs l'avenir s'environne ?

Faudra-t-il à ce prix remonter sur le trône ?

Mais le Ciel a parlé ; Louis n'en peut douter :

Qui suit la voix du ciel n'a rien à redouter.

Il médite, il mûrit cette Charte sacrée,
Par Dieu même, à son cœur, dans l'exil inspirée,
Et qui doit pacte heureux entre la France et lui,
Et du peuple et du trône être à jamais l'appui.
Sa bouche l'a dictée, et des tables fidèles
En ont soudain reçu les traces immortelles.
Telle majestueuse, et couverte de fer,
Minerve s'élança du front de Jupiter.

NOTES
DU NEUVIÈME CHANT.

NOTE I, page 8.

Gustave dans Stockholm périt sous les poignards.

Gustave III, roi de Suède, fut mis à mort en 1793, par An-
karstrœm.

NOTE II, page 8.

Le fer pénètre aussi dans le palais des czars.

Paul Ier fut assassiné en 1801, dans son palais.

NOTE III, page 8.

.... Il fait fuir le stathoudre.

Révolution de la Hollande, en 1787.

NOTE IV, page 8.

.... Il afflige Lisbonne.

Joseph, roi de Portugal, avait été assassiné dans les mêmes
circonstances que Louis XV.

NOTE V, page 8.

Et le poison s'attache à la triple couronne.

Le pape Ganganelli mourut de poison, suivant l'opinion de

ses amis. Le vénérable et malheureux Pie VI monta, après lui, sur le trône pontifical.

J'ai cru utile de rappeler ces attentats, pour faire remarquer qu'il existe des fanatiques de toute espèce, de tous les états, et de tous les pays.

Note VI, page o.

.... Du faîte des grandeurs,
Voir ce guerrier descendre au dernier des malheurs.

Je ne ferai aucun commentaire sur un homme que les contemporains ont déjà jugé, et qui désormais appartient à l'histoire.

Note VII, page 16.

Thérèse à vos côtés me semblait embellie :
Mais rien ne l'arrachait à sa mélancolie...

Tout le monde se rappelle le jour où le roi fit sa première entrée dans la capitale, ayant à ses côtés la princesse Royale. Quels transports sa présence n'excita-t-elle pas ! avec quelle avidité tous les yeux se portèrent sur ceux de cette princesse, où l'on ne put remarquer sans le plus vif attendrissement, la trace des larmes que sa tendresse lui avait fait répandre !

« O vous ! qui que vous soyez, dit un auteur contemporain, qui blâmez sa tristesse aussi naturelle que respectable, dites si, rentrant après un long exil dans votre patrie, où vous auriez éprouvé les revers les plus accablans, en foulant aux pieds cette terre natale encore fumante du sang de vos plus proches parens ; dites si vous auriez perdu *tout-à-coup* le souvenir de tant de calamités....; dites s'il aurait été en votre pouvoir de vous montrer à tous les yeux, avec un visage riant et serein, signe certain de la joie intérieure, et de l'absence de toute pensée douloureuse ?

« Non, sans doute, vous ne pourriez, dans une position aussi déchirante, résister à la voix de la nature, et vaincre la force du sentiment.

« Ah ! loin d'en vouloir à cette sensible princesse, sachez-lui gré plutôt de tout ce qu'elle vous cache, des peines *qui empoisonnent nécessairement* toutes ses jouissances, et plaignez-la de ne pouvoir se livrer sans contrainte à sa juste douleur.

« Songez qu'elle ne se venge que par des bienfaits, de tout le sang des siens qu'on a osé verser, et de toutes les persécutions, de tous les mauvais traitemens que le délire révolutionnaire lui a personnement prodigués. »

(*Le Roi Martyr*, ou *Esquisse du portrait de Louis XVI*, Par M. de Moulières.)

Note VIII, page 17.

.... Sous les traits de notre grand Henri,
Je vois couler le sang de ce frère chéri.

Le duc de Berry fut assassiné le 13 février 1820, en sortant de l'Opéra. Ce funeste évènement plongea toute la France dans le deuil : plusieurs orateurs payèrent le dernier tribut à ce prince si justement regretté. Je citerai quelques frangmens de son éloge funèbre par M. Chopin : ce ne sera que les endroits qui se rattachent aux circonstances de sa mort.

« O nuit à jamais déplorable ! au sein d'une paix profonde, quel cri a soudain retenti ? *Le duc de Berry vient d'être assassiné !* ..... A cette affreuse nouvelle, notre sang s'est glacé dans nos veines ; chacun a cru voir la foudre éclater à ses pieds...

« Quel est donc le monstre, qui, dans le délire d'une inconcevable folie, a osé porter une main patricide sur le fils de nos rois ? quelle affreuse rage, quel sujet de vengeance l'a poussé à cet affreux attentat ? interrogez-le, il vous répondra : *mes opinions......*

« Autour du prince mourant, se presse tout ce que la France

a de plus illustre et de plus vénérable : son père, son épouse, son frère, ses parens, ses amis, ses fidèles serviteurs environnent en tremblant ce lit funèbre, où repose l'objet infortuné de leur amour et de leurs craintes ; chacun ose encore espérer en secret ; lui seul n'espère point, et lui seul est tranquille ; livré tout entier aux épanchemens de la nature, il console son père, il serre dans ses bras son épouse. désolée, et le gage d'une union si tristement rompue, il demande à voir, à embrasser encore les vieux amis dévoués à sa personne ; sa bonté prévoyante recommande aux soins de sa famille, tous ceux dont il a éprouvé le zèle et la fidélité. Bientôt, sentant diminuer ses forces et le terme fatal arriver, le prince remercie les gens habiles, dont l'art impuissant s'efforce de l'arracher au trépas ; les secours des hommes ne sauraient prolonger sa vie mortelle, il est temps d' ppeler les secours de Dieu...

« Mais quelle scène déchirante va renouveler les pleurs et les gémissemens ! un prince vénérable s'avance a travers la foule éplorée, il s'est arraché la nuit de son palais ; il a vaincu les douleurs d'une maladie cruelle, pour venir rendre les derniers devoirs à son neveu, à son fils chéri. A sa voix, l'illustre victime a soulevé sa tête : le Duc fixe ses yeux déjà éteints sur le Monarque infortuné, sa langue peut à peine articuler une parole. Mais tout-à-coup, il a repris ses forces. « Grâce, s'est-il écrié, grâce pour l'homme qui m'a frappé ! .... Et il retombe dans sa pénible agonie. Qui oserait ajouter un seul mot à ce mouvement sublime ?

« Cependant la mort s'apprête à saisir sa proie : une respiration douloureuse annonce seule que le prince vit encore... autour de lui, l'égarement est au comble... Quelle éloquence dans ce concours de pleurs et de sanglots !.... le Duc fait un dernier effort, comme pour dire adieu à tous ceux qui l'entourent. En ce moment, la fille des rois se précipite sur sa main glacée : « Mon père vous attend ; dites-lui de prier Dieu pour la France » et pour nous », le neveu de Louis XVI entrouvre une paupière mourante.... Une main royale lui a fermé les yeux.

C'en est fait, la patrie a perdu son espoir, l'armée un héros, les pauvres un ami. »

Je ne sais si c'est à M. Chopin, qu'est due l'inscription suivante d'une médaille qui a été frappée pour éterniser cette déplorable mort, ou bien s'il s'est rencontré avec l'auteur de cette inscription :

> *Gallia spem suam,*
> *Uxor amantem,*
> *Milites ducem,*
> *Pauperes patrem*
> *Perdidère.*

A l'exemple de Voltaire, qui dans le 7e champ de la Henriade, a imité le fameux éloge que Virgile fait de Marcellus mort à la fleur de l'âge, j'ai essayé celui du prince sur qui la France fondait ses plus belles espérances. En rappelant comment Voltaire déplore la mort prématurée du duc de Bourgogne, aïeul du duc de Berri, on verra, sans peine, que je fais abnégation de tout amour-propre :

> » Quel est ce jeune prince, en qui la majesté
> Sur son visage aimable éclate sans fierté ?
> D'un œil d'indifférence il regarde le trône ;
> Ciel ! quelle nuit soudaine à nos yeux l'environne !
> La mort autour de lui vole sans s'arrêter :
> Il tombe aux pieds du trône, étant prêt d'y monter.
> α O mon fils ! des Français vous voyez le plus juste ;
> Les cieux le formeront de votre sang auguste.
> Grand Dieu ! ne faites-vous que montrer aux humains
> Cette fleur passagère, ouvrage de vos mains ?
> Hélas ! que n'eût point fait cette ame vertueuse ?
> La France sous son règne eût été trop heureuse.
> Il eût entretenu l'abondance et la paix ;
> Mon fils, il eût compté ses jours par ses bienfaits ;
> Il eût aimé son peuple. O jours remplis d'alarmes !
> O combien les Français vont répandre de larmes,

Quand sous la même tombe ils verront réunis
Et l'époux, et la femme, et la mère et le fils !

_ Quoique le *atque hic AEneas* etc. de Virgile soit dans la mémoire de tous les amis de la belle littérature, je crois leur faire plaisir en rappelant ici l'élégante traduction de ce morceau par l'abbé Delille; elle plaira de même à tous les Français, tant Rome pleurant la mort du neveu d'Auguste, ressemble à la France déplorant la fin tragique du neveu de son Roi...

Alors s'offre à leurs yeux un guerrier plein de charmes,
Joignant l'éclat des traits à l'éclat de ses armes :
Tout respire dans lui la grâce et la vertu ;
Mais son regard est triste et son front abattu.
« O mon père ! excusez ma vive impatience ;
» Auprès de Marcellus quel jeune homme s'avance ?
» Mon père, est-ce son fils ou quelqu'un de son sang,
» Que ce nombreux cortège annonce bien son rang ?
» Entre ces deux guerriers quel air de ressemblance !
» Mais seul, parmi ce bruit, il garde le silence ;
» La nuit autour de lui jette son crêpe affreux.
— » Mon fils, dit le vieillard, d'un accent douloureux,
» Ces traits de Marcellus sont la brillante image....
— » Mais pourquoi sur son front ce lugubre nuage ?
» Lui seul à tant d'honneurs demeure indifférent...
— » Ah ! que demandes-tu, dit Anchise en pleurant ?
» Cette fleur d'une tige en héros si féconde,
» Les destins ne feront que la montrer au monde.
» Dieux, vous auriez été trop jaloux des Romains !
» Si ce don précieux fût resté dans leurs mains !
» Pleure, cité de Mars, pleure, dieu des batailles !
» O combien de sanglots suivront ses funérailles !
» Et toi, Tibre, combien tu vas rouler de pleurs,
» Quand son bûcher récent t'apprendra nos malheurs !

» Quel enfant, mieux que lui, promettait un grand homme?
» Il est l'orgueil de Troye, il l'eût été de Rome.
» Quelle antique vertu ! quel respect pour les Dieux !
» Nul n'eût osé braver son bras victorieux,
» Soit qu'une légion eût marché sur sa trace,
» Soit que d'un fier coursier il eût guidé l'audace.
» Ah ! jeune infortuné, digne d'un sort plus doux,
» Si tu peux du destin vaincre un jour le courroux,
» Tu seras Marcellus...... Ah ! souffrez que j'arrose
» Son tombeau de mes pleurs. Que les lis, que la rose,
» Trop stérile tribut d'un inutile deuil,
» Pleuvent à pleines mains sur son triste cercueil ;
» Et qu'il reçoive au moins ces offrandes légères,
» Brillantes comme lui, comme lui passagères. »

DE L'IMPRIMERIE DE CONSTANT-CHANTPIÉ,
RUE SAINTE-ANNE, N° 20.